명시

따라 쓰기

명시 따라 쓰기

초판 1쇄 인쇄 | 2022년 8월 5일
초판 1쇄 발행 | 2022년 8월 12일

엮은이 | 채 빈
펴낸이 | 박영욱
펴낸곳 | 깊은나무

경영지원 | 서정희
편 집 | 고은경·조진주
마 케 팅 | 최석진
디 자 인 | 민영선·임진형
SNS마케팅 | 박현빈·박가빈

주 소 | 서울시 마포구 월드컵로 14길 62
이메일 | bookocean@naver.com
네이버포스트 | post.naver.com/bookocean
페이스북 | facebook.com/bookocean.book
인스타그램 | instagram.com/bookocean777
전 화 | 편집문의: 02-325-9172 영업문의: 02-322-6709
팩 스 | 02-3143-3964

출판신고번호 | 제 2013-000006호

ISBN 979-11-91979-17-6 (03800)

한 획 한 획 따라 쓰다 보면
잡념이 사라지는

명시 따라 쓰기

채빈 엮음

가슴을 일렁이게 하는 명시,
내 영혼을 위로하는 필사

깊은나무

머리말

"시를 읽는다는 건, 동심과 추억을 소환하는 자기 주문이다."

누구나 한 번쯤은 시인이 되고 싶다는 생각을 해 보았을 것입니다. '시인'이라고 하면, 왠지 시대의 고민을 다 짊어진 페이소스 지식인의 초상처럼 느껴집니다.

시는 짧은 시구에 많은 내용을 함축하기에, 피를 토하고 쓴 언어처럼, 사람의 정수를 때리는 성찰의 죽도이기도 합니다. 시인이 사라진다는 건, 잠수함의 토끼가 죽은 것처럼 양심의 울림이 소멸되는 증거가 아닐까 싶습니다.

그래서 시를 읽는다는 것은 각박해지는 삶의 자리에서 좀 더 가벼워지려는 영혼의 줄넘기를 넘는 행위일지도 모릅니다.

코로나 바이러스는 개인 격리와 대인관계의 제약으로 우울감과 경제적 어려움으로 인한 자존감의 붕괴를 가져왔습니다. 코로나 바이러스의 암울한 공포는 지금까지 겪어본 바이러스와 달리 완전한 종식은 어려워, 평생 함께 가야 한다고 합니다.

신종플루, 메르스와는 확연히 다르게 다양한 변이종의 출현으로 예전 같은 삶은 어려울 수 있습니다.

코로나 세상은 사람들의 자존감과 함께 호흡하며 살아온 경험을 추억으로 되돌릴지 모릅니다.

이런 세상에서 명시 필사의 행위는 거창하게 말하면, 사막의 오아시스처럼 단비 같은 존재일 것입니다.

시는 어린 시절의 추억과 잊힌 첫사랑의 설렘을 선물하기도 합니다. 청년 시인 윤동주의 〈서시〉를 읽으면, 빼앗긴 조국에 대한 아픔과 암울한 시대를 느낄 수 있습니다. 각박한 세상 풍파와 하늘의 별도 쳐다보지 못할 만큼 치열한 경쟁에 지친 우리에게 마음을 위로하는 피로회복제가 될 것입니다.

이 책은 매월 그 달을 상징하는 꽃과 함께 우리가 알고 있는 서양과 동양, 우리나라의 명시를 엄선해서 구성했습니다.

한 자 한 자 명시를 따라 쓰다 보면 잡념에서 벗어나게 될 것이며, 쓰고 나면 마음이 편안해질 것입니다. 일상에서도 시구를 읊조리다 보면 응원가처럼 힘이 되어 줄 것입니다.

필사의 순간 별을 세며 식민지 청년의 울분으로 좌절하는 이상화도 되어 보고, 선택의 기로에서 프로스

트의 가보지 않는 길에도 서 보게 되며, 미라보 다리 위의 랭보의 슬픔도, 사랑의 위대함을 보여주는 칼릴 지브란도 되게 합니다.

이게 시의 힘이고 필사의 위력입니다. 치열하게 살고 있는 이 시대의 여러분들에게 영혼의 노트이자 쉼터인 시의 필사를 추천하는 바입니다.

2022년 8월
채빈

차례

4월
잎새 달

5월
푸른 달

6월
누리 달

7월 견우직녀 달

8월 타오름 달

9월 열매 달

10월
하늘연 달

11월
미틈 달

12월
매듭 달

새해 아침에 힘 있게 오르는 달

1
월

해오름 달

별 헤는 밤

윤동주

계절이 지나가는 하늘에는
가을로 가득 차 있습니다.
나는 아무 걱정도 없이
가을 속에 별들을 다 헤일 듯합니다.

가슴속에 하나 둘 새겨지는 별을
이제 다 못 헤는 것은
쉬이 아침이 오는 까닭이요,
내일 밤이 남은 까닭이요,
아직 나의 청춘이 다하지 않은 까닭입니다.

별 하나에 추억과
별 하나에 사랑과
별 하나에 쓸쓸함과
별 하나에 동경과

별 하나에 시와
별 하나에 어머니, 어머니.

어머님, 나는 별 하나에 아름다운 말 한마디씩 불러 봅니다. 소학교 때 책상을 같이 했던 아이들의 이름과 패, 경, 옥, 이런 이국 소녀들의 이름과, 벌써 아기 어머니된 계집애들의 이름과, 가난한 이웃 사람들의 이름과, 비둘기, 강아지, 토끼, 노새, 노루, '프랑시스 잠', '라이너 마리아 릴케', 이런 시인의 이름을 불러 봅니다.

이네들은 너무나 멀리 있습니다.
별이 아슬히 멀 듯이.

어머님,
그리고 당신은 멀리 북간도에 계십니다.

나는 무엇인지 그리워
이 많은 별빛이 내린 언덕 위에
내 이름자를 써 보고,
흙으로 다시 덮어 버리었습니다.
딴은 밤을 새워 우는 벌레는
부끄러운 이름을 슬퍼하는 까닭입니다.
그러나, 겨울이 지나고 나의 별에도 봄이 오면,
무덤 위에 파란 잔디가 피어나듯이
내 이름자 묻힌 언덕 위에도
자랑처럼 풀이 무성할 게외다.

진달래꽃

김소월

나 보기가 역겨워
가실 때에는
말없이 고이 보내 드리오리다.

영변(寧邊)에 약산(藥山)
진달래꽃,
아름 따다 가실 길에 뿌리오리다.

가시는 걸음 걸음
놓인 그 꽃을
사뿐히 즈려 밟고 가시옵소서.

나 보기가 역겨워
가실 때에는
죽어도 아니 눈물 흘리오리다.

가지 않은 길

로버트 프로스트

노란 숲 속에 두 갈래 길이 있었습니다.
나는 두 길을 다 가지 못하는 것을
안타깝게 생각하면서,
오랫동안 서서 한 길이 굽어 꺾여 내려간 데까지,
바라다볼 수 있는 데까지 멀리 바라다보았습니다.

그리고 똑같이 아름다운 다른 길을 택했습니다.
그 길에 풀이 더 있고 사람이 걸은 자취가 적어,
아마 더 걸어야 될 길이라고 나는 생각했던 게지요.
그 길을 걸으므로, 그 길도 거의 같아질 것이지만

그날 아침 두 길에는
낙엽을 밟은 자취는 없었습니다.
아, 나는 다음 날을 위하여 한 길은 남겨 두었습니다.
길은 길에 연하여 끝없으므로
내가 다시 돌아올 것을 의심하면서……

훗날에 나는 어디선가
한숨을 쉬며 이야기할 것입니다.
숲 속에 두 갈래 길이 있었다고,
나는 사람이 적게 간 길을 택하였다고,
그리고 그것 때문에 모든 것이 달라졌다고.

향수

정지용

넓은 벌 동쪽 끝으로
옛이야기 지줄대는 실개천이 휘돌아 나가고,
얼룩백이 황소가
해설피 금빛 게으른 울음을 우는 곳,

—그곳이 차마 꿈엔들 잊힐 리야.

질화로에 재가 식어지면
비인 밭에 밤바람 소리 말을 달리고,
엷은 조름에 겨우 늙으신 아버지가
짚베개를 돋아 고이시는 곳,

—그곳이 차마 꿈엔들 잊힐 리야.

흙에서 자란 내 마음
파아란 하늘 빛이 그리워
함부로 쏜 화살을 찾으려
풀섶 이슬에 함추름 휘적시던 곳,

—그곳이 차마 꿈엔들 잊힐 리야.

전설 바다에 춤추는 밤물결 같은
검은 귀밑머리 날리는 어린 누이와
아무렇지도 않고 예쁠 것도 없는
사철 발 벗은 아내가
따가운 햇살을 등에 지고 이삭을 줍던 곳,

—그곳이 차마 꿈엔들 잊힐 리야.

하늘에는 성근 별
알 수도 없는 모래성으로 발을 옮기고,
서리 까마귀 우지짖고 지나가는 초라한 지붕,
흐릿한 불빛에 돌아 앉아 도란도란거리는 곳,

—그곳이 차마 꿈엔들 잊힐 리야.

잎샘추위와 꽃샘추위가 있는

겨울의 끝 달

2
월

시샘달

지옥에서 보낸 한 철_서시

아르튀르 랭보

예전에, 내 기억이 정확하다면,
나의 삶은 모든 사람들이 가슴을 열고
온갖 술이 흐르는 축제였다.
어느 날 저녁,
나는 무릎에 아름다움을 앉혔다.
그런데 가만히 보니 그녀는 맛이 썼다.
그래서 욕설을 퍼부어주었다.
나는 정의에 대항했다.
나는 도망쳤다.
오 마녀들이여, 오 비참이여,
오 증오여,
내 보물은 바로 너희들에게 맡겨졌다.

나는 마침내 나의 정신 속에서
인간적 희망을 온통 사라지게 만들었다.

인간적 희망의 목을 조르는 완전한 기쁨에 겨워,
나는 사나운 짐승처럼 음험하게 날뛰었다.

나는 사형집행인들을 불러들여, 죽어가면서,
그들의 총 개머리판을 물어뜯었다.
나는 재앙을 불러들였고,
그리하여 모래와 피로 숨이 막혔다.

불행은 나의 신이었다.
나는 진창 속에 길게 쓰러졌다.
나는 범죄의 공기에 몸을 말렸다.
그리고는 광적으로 못된 곡예를 했다.

하여 봄은
나에게 백치의 끔찍한 웃음을 일으켰다.

그런데 아주 최근에 하마터면 마지막
'꾸악' 소리를 낼 뻔했을 때
나는 옛 축제의 열쇠를 찾으려고 마음먹었다.
거기에서라면 아마 욕구가 다시 생겨날 것이다.
자비가 그 열쇠이다.
이런 발상을 하다니
나는 꿈꾸어왔나 보다.

'너는 언제까지나 하이에나이리라, 등등……'
그토록 멋진 양귀비꽃으로
나에게 화관을 씌워준
악마가 소리 지른다.
'너의 모든 욕구들, 너의 이기심,
그리고 너의 큰 죄업들로 죽음을 얻어라'
아! 나는 그것들을 실컷 맛이했다.

하지만 친애하는 사탄이여, 간청하노니,
눈동자에서 화를 거두시라!

하여 나는 뒤늦게 몇몇
하찮은 비열한 것을 기다리면서,
글쟁이에게서 묘사하거나
훈계하는 역량의 부재를
사랑하는 당신을 위해
내 악마에 들린 자의 수첩에서
이 흉측스런 몇 장을 뜯어내 덧붙인다.

모란이 피기까지는

김영랑

모란이 피기까지는,
나는 아직 나의 봄을 기다리고 있을 테요.
모란이 뚝뚝 떨어져 버린 날,
나는 비로소 봄을 여읜 설움에 잠길 테요.
오월 어느 날, 그 하루 무덥던 날,
떨어져 누운 꽃잎마저 시들어 버리고는
천지에 모란은 자취도 없어지고,
뻗쳐 오르던 내 보람 서운케 무너졌느니,
모란이 지고 말면 그뿐, 내 한 해는 다 가고 말아,
삼백 예순 날 하냥 섭섭해 우옵내다.
모란이 피기까지는,
나는 아직 봄을 기다리고 있을 테요, 찬란한 슬픔의 봄을.

미라보 다리

기욤 아폴리네르

미라보 다리 아래 세느강은 흐르고
우리들 사랑도 흘러내린다.
내 마음 깊이 아로새기리
기쁨은 언제나 고통 뒤에 오는 것을.

밤이여 오라, 종아 울려라.
세월은 흐르고 나는 남는다.

손에 손을 맞잡고 얼굴을 마주보면
우리들의 팔 아래 다리 밑으로
영원의 눈길을 한 지친 물결이
저렇듯 천천히 흘러내린다.

밤이여 오라, 종아 울려라.
세월은 흐르고 나는 남는다.

사랑도 물결처럼 흘러내리고
우리들 사랑도 흘러내린다.
인생은 왜 이리 더디고
희망이란 왜 이리 격렬한가.

밤이여 오라, 종아 울려라.
세월은 흐르고 나는 남는다.

나날은 흘러가고 달도 흐르고
지나간 세월도 흘러만 간다.
우리들 사랑은 오지 않는데
미라보 다리 아래 세느강은 흐른다.

밤이여 오라, 종아 울려라.
세월은 흐르고 나는 남는다.

삶이 그대를 속일지라도

알렉산드르 푸시킨

비록 삶이 그대를 속일지라도
서러워하거나 노하지 마라.
슬픔의 날엔 마음 가다듬고
자신을 믿으라.
이제 곧 기쁨의 날이 오리라.

마음은 내일에 사는 것
오늘 비록 비참할지라도
모든 것은 순간적이며
그것들은 한결같이 지나가 버리고
지나간 것은 값진 것이다.

뫼와 들에 물오르는 날

3월

물오름 달

동짓달 기나긴 밤을

황진이

동짓달 기나긴 밤의 한가운데 허리를 베어 내어
봄바람 이불 밑에 서리서리 넣었다가
고운 임 오신 날 밤이 되면 굽이굽이 펴리라.

애너벨 리

애드거 앨런 포

아주 아주 오래 전 바닷가 한 왕국에
한 소녀가 살았어요.
애너벨 리라면, 당신도 알지 몰라요.
이 소녀는 날 사랑하고 내 사랑을 받는 것밖엔
딴 생각은 아무 것도 없이 살았어요.

나도 어렸고 그 애도 어렸죠.
바닷가 이 왕국에서
하지만 우린 보통 사랑 이상으로
사랑했어요. 나와 애너벨 리는.
하늘의 날개달린 천사들이
그녀와 나를 시샘할 만한 사랑으로.

그 때문에 오래 전, 바닷가 이 왕국에서
한 차례 바람이 구름으로부터 불어와

아름다운 애너벨 리를
싸늘하게 만들어 버렸어요.

그리곤 그녀의 지체 높은 친척들이 와서
그녀를 내곁에서 데려가
바닷가 이 왕국
무덤에 가둬 버렸죠.

천국에서 우리 반만큼도 행복하지 못한 천사들이
그녀와 나를 시기한 것이었어요.
그래요! – 그 때문이었죠 (바닷가 이 왕국
사람들은 다 알고 있어요).
밤에 구름속에서 한 차례 바람이 일어
나의 애너벨 리를 싸늘하게 죽여 버린 건.
하지만 우리의 사랑은 더 강했답니다.

우리보다 나이 많은 사람들의 사랑보다
우리보다 현명한 많은 사람들의 사랑보다요.
그래서 하늘의 천사들도
바다 밑의 악마들도
내 영혼과 아름다운 애너벨 리의 영혼을
떼어놓지 못해요.

달빛이 빛날 때마다 난 언제나 꿈을 꾸거든요,
아름다운 애너벨 리의 꿈을.
별들이 뜰 때마다 나는 느껴요,
애너벨 리의 빛나는 눈동자를.
그래서 나는 밤새도록
내 사랑, 내 사랑, 내 생명, 내 신부의
곁에 눕는답니다. 그 곳 바닷가 무덤,
파도 철썩이는 바닷가 무덤 속에서.

사랑의 찬가

제라르 드 네르발

여기 우리는
얼마나 찬란한 날을
보내고 있는가!
일렁이는 물결의
흔적처럼
권태는 슬픔으로 사라진다.
욕망밖에 없는
미친 듯한 정열에
취하는 시간이여!
쾌락 뒤에는
사라져 버리는
허무한 시간이여!

님의 침묵

한용운

님은 갔습니다. 아아, 사랑하는 나의 님은 갔습니다.
푸른 산빛을 깨치고 단풍나무 숲을 향하여 난 작은 길을 걸어서 차마 떨치고 갔습니다.
황금의 꽃같이 굳고 빛나던 옛 맹세는 차디찬 티끌이 되어서 한숨의 미풍에 날아갔습니다.
날카로운 첫 키스의 추억은 나의 운명의 지침을 돌려 놓고 뒷걸음쳐서 사라졌습니다.
나는 향기로운 님의 말소리에 귀먹고 꽃다운 님의 얼굴에 눈멀었습니다.

사랑도 사람의 일이라 만날 때에 미리 떠날 것을 염려하고 경계하지 아니한 것은 아니지만, 이별은 뜻밖의 일이 되고 놀란 가슴은 새로운 슬픔에 터집니다.
그러나 이별을 쓸데없는 눈물의 원천으로 만들고 마는 것은 스스로 사랑을 깨치는 것인 줄 아는 까닭에 걷잡을 수 없는 슬픔의 힘을 옮겨서 새 희망의 정수박이에 들어부었습니다.
우리는 만날 때에 떠날 것을 염려하는 것과 같이 떠날 때에 다시 만날 것을 믿습니다.
아아, 님은 갔지만 나는 님을 보내지 아니하였습니다.
제 곡조를 못 이기는 사랑의 노래는 님의 침묵을 휩싸고 돕니다.

물오른 나무들이 저마다

잎을 돋우는 달

4 월

잎새달

남신의주 유동 박시봉방
(南信義州柳洞朴時逢方)

백석

어느 사이에 나는 아내도 없고, 또,
아내와 같이 살던 집도 없어지고,
그리고 살뜰한 부모며 동생들과도 멀리 떨어져서
그 어느 바람 세인 쓸쓸한 거리 끝에 헤매이었다.
바로 날도 저물어서,
바람은 더욱 세게 불고, 추위는 점점 더해 오는데,
나는 어느 목수(木手)네 집 헌 삿을 깐
한 방에 들어서 쥔을 붙이었다.
이리하여 나는 이 습내나는 춥고, 누긋한 방에서
낮이나 밤이나 나는 나 혼자도 너무 많은 것같이 생각하며
딜옹배기에 북덕불이라도 담겨 오면
이것을 안고 손을 쬐며 재 우에 뜻없이 글자를 쓰기도 하며,
또 문 밖에 나가지두 않구 자리에 누어서,
머리에 손깍지벼개를 하고 굴기도 하면서,
나는 내 슬픔이며 어리석음이며를 소처럼 연하여 쌔김질
하는 것이었다.

내 가슴이 꽉 메어 올 적이며,
내 눈에 뜨거운 것이 핑 괴일 적이며,
또 내 스스로 화끈 낯이 붉도록 부끄러울 적이며,
나는 내 슬픔과 어리석음에 눌리어 죽을 수밖에 없는 것을 느끼는 것이었다.
그러나 잠시 뒤에 나는 고개를 들어
허연 문창을 바라보든가 또 눈을 떠서 높은 천정을 쳐다보는 것인데
이때 나는 내 뜻이며 힘으로, 나를 이끌어 가는 것이 힘든 일인 것을 생각하고
이것들보다 더 크고, 높은 것이 있어서, 나를 마음대로 굴려가는 것을 생각하는 것인데
이렇게 하여 여러 날이 지나는 동안에
내 어지러운 마음에는 슬픔이며, 한탄이며, 가라앉을 것은 차츰 앙금이 되어 가라앉고

외로운 생각이 드는 때쯤 해서는
더러 나줏손에 쌀랑쌀랑 싸락눈이 와서 문창을 치기도
하는 때도 있는데
나는 이런 저녁에는 화로를 더욱 다가끼며, 무릎을 꿇어
보며,
어느 먼 산 뒤옆에 바우섶에 따로 외로이 서서
어두어오는데 하이야니 눈을 맞을, 그 마른 잎새에는
쌀랑쌀랑 소리도 나며 눈을 맞을
그 드물다는 굳고 정한 갈매나무라는 나무를 생각하는
것이었다.

노래의 날개 위에

하인리히 하이네

노래의 날개 위에 사뿐히 올라서
함께 가요, 사랑하는 사람이여
갠지스강 그 기슭 푸른 풀밭에
우리 둘이 갈 만한 곳이 있어요.

환한 달 동산에 고요히 떠오를 적에
빨갛게 활짝 피는 아름다운 꽃동산
잔잔한 호수에 미소 짓는 연꽃들은
아름다운 그대를 기다리고 있어요.

꽃들은 서로서로 미소를 머금고
하늘의 별을 향하여 소곤대고
장미는 서로서로 넝쿨을 엮고서
달콤한 밀어 속삭이는 빰을 부빈답니다.

깡충깡충 뛰어나와 귀를 쫑긋거리는
귀여운 염소의 평화로운 모습과
해맑은 시냇물 노래하는 소리
세상 끝까지 울려 퍼지는 곳

그 아름다운 꽃동산 종려나무 그늘에
사랑하는 그대와 함께 누워서
사랑의 온갖 즐거움을 서로 나누며
아름다운 꿈 끝이 없도록 살아가자고요.

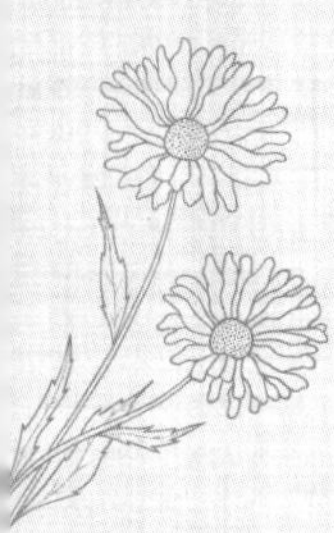

동방(東邦)의 등불

타고르

일찍이 아시아의 황금 시기에
빛나던 등불의 하나였던 코리아,
그 등불 다시 한번 켜지는 날에
너는 동방의 밝은 빛 되리라.
마음에는 두려움이 없고
머리는 높이 쳐들린 곳.
지식은 자유롭고
좁다란 담벽으로 세계가 조각조각
갈라지지 않는 곳.
진실의 깊은 속에서 말끔히 솟아나는 곳.
쉼 없는 노력이 완성을 향해 팔을 벌리는 곳.

지성의 맑은 흐름이

굳어진 습관의 모래 벌판에 길 잃지 않는 곳.

끝없이 펴져 나가는 생각과 행동으로

우리들의 마음이 인도되는 곳.

그러한 자유의 천국으로

내 마음의 조국 코리아여 잠을 깨소서.

초혼(招魂)

김소월

산산이 부서진 이름이여!
허공중에 헤어진 이름이여!
불러도 주인 없는 이름이여!
부르다가 내가 죽을 이름이여!

심중에 남아 있는 말 한마디는
끝끝내 마저 하지 못하였구나.
사랑하던 그 사람이여!
사랑하던 그 사람이여!

붉은 해는 서산마루에 걸리었다.
사슴의 무리도 슬피 운다.
떨어져 나가 앉은 산 위에서
나는 그대의 이름을 부르노라.

설움에 겹도록 부르노라.
설움에 겹도록 부르노라.
부르는 소리는 비껴가지만
하늘과 땅 사이가 너무 넓구나.

선 채로 이 자리에 돌이 되어도
부르다가 내가 죽을 이름이여!
사랑하던 그 사람이여!
사랑하던 그 사람이여!

마음이 푸른 모든 이의 달

5
월

푸른 달

로렐라이

하인리히 하이네

로렐라이
왜 그런지 그 까닭은 알 수 없지만
내 마음은 자꾸만 슬퍼지네.
옛날부터 전해오는 그 이야기가
내 마음에 메아리쳐 사라지지 않네.

공기는 싸늘하고 해거름 드리웠는데
라인강은 고요히 흘러가고,
산꼭대기는 저녁 노을로
눈부시게 찬란히 빛나는데,

저 건너 언덕 위에는 놀랍게도
아름다운 아가씨가 앉아,
금빛 장신구를 반짝거리며,
황금빛 머리칼을 빗어내리네.

황금의 빗으로 머리 빗으며
그녀는 노래를 부르네.
기이하게 사람을 유혹하는
선율의 노래를.

조그만 배에 탄 뱃사공은
걷잡을 수 없는 비탄에 사로잡혀
암초는 바라보지도 않고,
언덕 위만 쳐다보네.

마침내는 물결이 조그만 배와 함께
뱃사공을 삼켜 버릴 것이다.
그리고 그것은 그녀의 노래로써
로렐라이가 한 것이리라.

가을날

라이너 마리아 릴케

주여, 시간이 되었습니다. 여름은 참으로 위대했습니다.
해시계 위에 당신의 그림자 얹으시고
들판에 바람을 풀어 주옵소서.

마지막 열매를 알차게 하시고
이틀만 더 남녘의 빛을 주시어
무르익도록 재촉하시고
마지막 단맛이 짙은 포도에 스미게 하소서.

지금 집이 없는 사람은 집을 짓지 못합니다.
지금 홀로인 사람은 오래도록 그렇게 살 것이며
잠자지 않고, 읽고, 긴 편지를 쓸 것이며
바람에 나뭇잎이 구를 때면 불안스레이
이리저리 가로수 사이를 헤맬 것입니다.

무지개

윌리엄 워즈워스

저 하늘 무지개를 보면
내 가슴은 뛰노라.
나 어린 시절에 그러했고
어른인 지금도 그러하고
늙어서도 그러하리.
그렇지 않다면 차라리 죽는 게 나으리!
아이는 어른의 아버지
내 하루하루가
자연의 숭고함 속에 있기를.

쉽게 씌어진 시

윤동주

창밖에 밤비가 속살거려
육첩방(六疊房)은 남의 나라,

시인이란 슬픈 천명인 줄 알면서도
한 줄 시를 적어 볼까,

땀내와 사랑 내 포근히 품긴
보내 주신 학비 봉투를 받아

대학 노-트를 끼고
늙은 교수의 강의 들으러 간다.

생각해 보면 어린 때 동무들
하나, 둘, 죄다 잃어버리고

나는 무얼 바라
나는 다만, 홀로 침전하는 것일까?

인생은 살기 어렵다는데
시가 이렇게 쉽게 씌어지는 것은
부끄러운 일이다.

육첩방은 남의 나라
창밖에 밤비가 속살거리는데,

등불을 밝혀 어둠을 조금 내몰고,
시대처럼 올 아침을 기다리는 최후의 나,

나는 나에게 작은 손을 내밀어
눈물과 위안으로 잡는 최초의 악수.

온 누리에 생명의 소리가

가득 차 넘치는 달

6
월

누리달

광야

이육사

까마득한 날에
하늘이 처음 열리고
어데 닭 우는 소리 들렸으랴.

모든 산맥들이
바다를 연모해 휘달릴 때도
차마 이곳을 범하던 못 하였으리라.

끊임없는 광음을
부지런한 계절이 피어선 지고
큰 강물이 비로소 길을 열었다.

지금 눈 내리고
매화 향기 홀로 아득하니,
내 여기 가난한 노래의 씨를 뿌려라.

다시 천고의 뒤에
백마 타고 오는 초인이 있어
이 광야에서 목놓아 부르게 하리라.

인생찬가

헨리 워즈워스 롱펠로

내게 슬픈 사연으로 말하지 말라.
인생은 한낱 헛된 꿈에 불과하다고!
잠든 영혼은 바로 죽은 영혼
만물은 겉보기와는 다른 것.

삶은 진실한 것! 삶은 엄숙한 것!
무덤이 결코 그 종말은 아닐지니
흙에서 왔으니 흙으로 돌아가라는 말은
영혼을 두고 하는 말은 아니다.

우리 삶의 궁극적인 목적이나 방법은
슬픔이나 기쁨에 있는 것이 아니라
오늘보다 더 나은 내일이 되도록
활동하는 것이다.

예술은 길고 인생은 한순간의 것
우리의 심장은 강하고 용감하나
지금 이 순간에도 무덤으로 가는 장송곡을
낮은 북소리처럼 울린다.

인생이라는 광활한 싸움 밭에서
인생이라는 노상(路上)에서
말없이 끌려가는 가축의 무리는 되지 말자.
싸움에 용감히 뛰어드는 영웅이 되자!

아무리 달콤하다 해도 미래는 믿지 말라.
흘러가 버린 과거는 죽은 채 묻어두라.
그리고 활동하라, 살아 있는 현재에 활동하라!
가슴속에는 용기가, 천상에는 하느님이 있다.

앞서 살다 간 위인들의 생애는 우리를 깨우치나니
우리도 장엄한 삶을 이룰 수 있고
우리가 지나간 시간의 모래 위에
발자취를 남길 수 있다.

인생을 항해하는 우리들 중 누군가가
난파를 당해 절망에 빠졌을 때
그 발자국을 발견하면 다시
용기를 얻게 되리라.

자! 우리 모두 일어나서 일하지 않으려나.
어떤 운명인들 이겨낼 용기를 지니고
끊임없이 성취하고 계속 추구하면서
일하며 기다림을 배우지 않으려나.

사랑

존 드라이든

아, 사랑은 얼마나 감미로운가.
아, 젊은 욕망은 얼마나 즐거운가!
처음 사랑의 불에 다가서면
즐거운 아픔을 느낀다!
사랑의 아픔은 모든 다른
기쁨보다 훨씬 감미롭다.

애인들이 내쉬는 한숨은
조용히 가슴을 부풀게 한다.
홀로 흘리는 눈물도
흐르는 향유(香油)처럼
그 아픔을 낫게 한다.
숨결 잃은 애인들도 아무 괴로움
못 느끼며 피 흘리며 죽는다.
사랑과 시간을 아껴 쓰라.

떠나는 벗처럼 대하라.
청춘에 주어지는 황금빛
선물을 마다하지 마라.
해마다 그 값은 더해 가고
전만큼 단순치 않으니.

봄철의 밀물처럼 가득하고 높은 사랑은
젊은 핏줄마다 용솟음친다.
그러나 조수마다 공급을 줄이고
드디어 그 선물을 다해 버린다.
노년에 홍수가 일지라도
그것은 단지 빗물, 깨끗이 흐르지 못한다.

바다의 미풍

스테판 말라르메

육체는 슬프다. 아! 나는 모든 책을 읽어 버렸다.
도망치자! 저 멀리로 도망치자! 나는 느낀다. 새들이
미지의 물거품과 하늘 사이에 취해 있음을!
아무것도, 눈에 비친 옛 정원도
오, 밤이여! 백색이 방어해 주는 텅 빈 종이 위의
내 램프의 쓸쓸한 빛도
애기에게 젖먹이는 젊은 여인도
바다에 젖은 마음 억누르지는 못하리라.
나는 떠나리라! 돛대를 흔드는 기선이여.
이국적인 풍경을 향해 닻을 올려라!

잔인한 희망으로 슬퍼진 권태는
여전히 손수건의 마지막 작별을 믿는다!
그리고 어쩌면 돛대는 폭풍우를 초래하여
바람이 파선(破船)한 배 위로 굽어 보는
그 돛대들 사이에 있으리라, 돛대도 없이, 비옥한 섬도 없이…….
그러나 오, 내 마음이여, 수부들의 노래에 귀를 기울여라!

견우, 직녀가 만나는
아름다운 달

7월

견우직녀 달

낡은 집

이용악

날로 밤으로
왕거미 줄치기에 분주한 집
마을서 흉집이라고 꺼리는 낡은 집
이 집에 살았다는 백성들은
대대손손에 물려줄
은동곳도 산호관자도 갖지 못했니라.

재를 넘어 무곡을 다니던 당나귀
항구로 가는 콩실이에 늙은 둥글소
모두 없어진 지 오랜
외양간엔 아직 초라한 내음새 그윽하다만
털보네 간 곳은 아무도 모른다.

찻길이 놓이기 전
노루 멧돼지 쪽제비 이런 것들이
앞뒤 산을 마음놓고 뛰어다니던 시절
털보의 셋째 아들은
나의 싸리말 동무는
이 집 안방 짓두광주리 옆에서
첫울음을 울었다고 한다.

“털보네는 또 아들을 봤다우
송아지래도 붙었으면 팔아나 먹지”
마을 아낙네들은 무심코
차가운 이야기를 가을 냇물에 실어보냈다는
그날 밤
저릎등이 시름시름 타들어가고
소주에 취한 털보의 눈도 일층 붉더란다.

갖주지 이야기와
무서운 전설 가운데서 가난 속에서
나의 동무는 늘 마음 졸이며 자랐다.
당나귀 몰고 간 애비 돌아오지 않는 밤
노랑 고양이 울어울어
종시 잠 이루지 못하는 밤이면
어미 분주히 일하는 방앗간 한구석에서
나의 동무는
도토리의 꿈을 키웠다.

그가 아홉 살 되던 해
사냥개 꿩을 쫓아다니던 겨울
이 집에 살던 일곱 식솔이
어디론지 사라지고 이튿날 아침
북쪽을 향한 발자국만 눈 위에 떨고 있었다.

더러는 오랑캐령 쪽으로 갔으리라고
더러는 아라사로 갔으리라고
이웃 늙은이들은
모두 무서운 곳을 짚었다.

지금은 아무도 살지 않는 집
마을서 흉집이라고 꺼리는 낡은 집
제철마다 먹음직한 열매
탐스럽게 열던 살구
살구나무도 글거리만 남았길래
꽃피는 철이 와도 가도 뒤울안에
꿀벌 하나 날아들지 않는다.

이니스프리 호수 섬

윌리엄 버틀러 예이츠

나 이제 가련다, 이니스프리로 가련다.
거기 진흙과 나뭇가지로 작은 집 짓고
아홉 이랑의 콩밭 갈며 꿀벌도 치며
벌 소리 윙윙대는 숲 속에 홀로 살리라.

그러면 거기 평화가 있겠지.
안개 낀 아침부터 귀뚜라미 우는 저녁 때까지
그곳은 밤중조차 환하고 낮은 보랏빛
저녁에는 홍방울새 가득히 날고,

나 이제 가련다. 밤이나 낮이나
호숫가에 나직이 물 찰싹이는 소리
가로(街路)에서나 회색 포도(鋪道) 위에서나
내 가슴속 깊이 그 소리만 들리누나.

예언자-당신의 아이들은

칼릴 지브란

당신의 아이는 당신의 아이가 아니다.
그들은 스스로 주인인 생명의 아들 딸이다.
그들은 당신을 거쳐서 왔으나
당신으로부터 온 것은 아니다.
그리고 그들은 당신과 함께 있지만
당신의 소유물은 아니다.
당신은 그들에게 사랑을 줄지언정
생각을 주어서는 안 된다.

그들의 정신은
내일의 집에 살아가도록 되어 있는 것이다.
당신이 그들을 사랑하는 것은 좋지만
그들이 당신을 사랑하도록 만들어서는 안 된다.
생명은 뒤로 물러가는 법이 없고,
어제에 머물러서는 안 되기 때문이다.
당신은 활이요, 그들은 화살이니
그들을 앞으로 나아가게 해야 한다.

나비야 청산 가자

작자 미상

나비야 청산 가자, 범나비 너도 가자.
가다가 저물거든 꽃에 들어 자고 가자.
꽃에서 푸대접하거든 잎에서나 자고 가자.

하늘에서 해가,

땅 위에선 가슴이 타는

정열의 달

8월

타오름 달

청포도

이육사

내 고장 칠월은
청포도가 익어 가는 시절

이 마을 전설이 주저리주저리 열리고
먼 데 하늘이 꿈꾸며 알알이 들어와 박혀

하늘 밑 푸른 바다가 가슴을 열고
흰 돛단배가 곱게 밀려서 오면

내가 바라는 손님은 고달픈 몸으로
청포를 입고 찾아온다고 했으니,

내 그를 맞아 이 포도를 따먹으면
두 손은 함뿍 적셔도 좋으련.

아이야, 우리 식탁엔 은쟁반에
하이얀 모시 수건을 마련해 두렴.

누구를 위하여 종은 울리나

존 던

모든 인간은 대륙의 한 조각이며, 전체의 일부이다.
만일 흙덩이가 바닷물에 씻겨 내려가면
유럽의 땅은 그만큼 작아지며,
만일 갑(岬)이 그리되어도 마찬가지며
만일 그대의 친구들이나 그대의 영지(領地)가 그리되어도 마찬가지이다.
어느 누구의 죽음도 나를 감소시킨다.
왜냐하면 나는 인류 전체 속에 포함되어 있기 때문이다.
그러니 누구를 위하여 종이 울리는지를 알고자 사람을 보내지 말라!
종은 그대를 위해서 울리는 것이니!

나와 나타샤와 흰 당나귀

백석

가난한 내가
아름다운 나타샤를 사랑해서
오늘밤은 푹푹 눈이 나린다.

나타샤는 사랑을 하고
눈은 푹푹 날리고
나는 혼자 쓸쓸히 앉어 소주를 마신다.
소주를 마시며 생각한다.
나타샤와 나는
눈이 푹푹 쌓이는 밤 흰 당나귀 타고 산골로 가자
출출이 우는 깊은 산골로 가 마가리*에 살자

* 마가리: 오두막

눈이 푹푹 나리고
나는 나타샤를 사랑하고
나타샤가 아니 올 리 없다.
언제 벌써 내 속에 고조곤히 와 이야기한다
산골로 가는 것은 세상한테 지는 것이 아니다.
세상 같은 건 더러워 버리는 것이다.

눈은 푹푹 나리고
아름다운 나타샤는 나를 사랑하고
어데서 흰 당나귀도 오늘밤이 좋아서
응앙응앙 울을 것이다.

제망매가

월명사

삶과 죽음의 길은
여기에 있으니 두려워지고
나는 간다는 말도
못다 하고 가는가.

어느 가을 이른 바람에
여기저기 떨어지는 나뭇잎처럼
한 가지에 나고서도
아아, 미타찰에서 만나 볼 나는
도 닦으며 기다리련다.

가지마다 열매 맺는 달

9월

열매달

떠나가는 배

박용철

나두야 간다
나의 이 젊은 나이를
눈물로야 보낼 거냐
나두야 가련다

아늑한 이 항군들 손쉽게 버릴 거냐
안개같이 물어린 눈에도 비치나니
골짜기마다 발에 익은 묏부리 모양
주름살도 눈에 익은 아, 사랑하는 사람들

버리고 가는 이도 못 잊는 마음
쫓겨가는 마음인들 무어 다를 거냐
돌아다 보는 구름에는 바람이 희살짓는다
앞 대일 언덕인들 마련이나 있을 거냐

나두야 가련다
나의 이 젊은 나이를
눈물로야 보낼 거냐
나두야 간다

불놀이

주요한

아아, 날이 저문다. 서편 하늘에, 외로운 강물 위에, 스러져 가는 분홍빛 놀…… 아아, 해가 저물면, 해가 저물면, 날마다 살구나무 그늘에 혼자 우는 밤이 또 오건마는 오늘은 사월이라 파일날, 큰 길을 물밀어 가는 사람 소리는 듣기만 하여도 흥성스러운 것을, 왜 나만 혼자 가슴에 눈물을 참을 수 없는고?

아아, 춤을 춘다. 춤을 춘다. 시뻘건 불덩이가 춤을 춘다. 잠잠한 성문 위에서 내려다보니, 물 냄새, 모래 냄새, 밤을 깨물고 하늘을 깨물은 횃불이 그래도 무엇이 부족하여 제 몸까지 물고 뜯으며, 혼자서 어두운 가슴 품은 젊은 사람은 과거의 퍼런 꿈을 찬 강물 위에 내어던지나. 무정한 물결이 그 그림자를 멈출 리가 있으랴?— 아아, 꺾어서 시들지 않는 꽃도 없건마는, 가신 임 생각에 살아도 죽은 이 마음이야, 에라 모르겠다. 저 불길로 이 가슴 태워 버릴까. 이 설움 살라 버릴까, 어제도 아픈 발 끌면서 무덤에 가 보았더니 겨울에는 말랐던 꽃이 어느덧

피었더라마는 사랑의 봄은 또다시 안 돌아 오는가, 차라리 속 시원히 오늘 밤 이 물 속에…… 그런데, 행여나 불상히 여겨 줄이나 있을까…… 할 적에 퉁탕 불티를 날리면서 튀어나는 매화포, 펄떡 정신을 차리니 우구구 떠드는 구경꾼의 소리가 저를 비웃는 듯 꾸짖는 듯. 아아, 좀 더 강렬한 정열에 살고 싶다. 저기도 저 횃불처럼 엉기는 연기, 숨막히는 불꽃의 고통 속에서라도 더욱 뜨거운 삶을 살고 싶다고 뜻밖에 가슴 두근거리는 것은 나의 마음…….

사월달 따스한 바람이 강을 넘으면 청류벽(淸流碧), 모란봉 높은 언덕 위에, 허어옇게 흐느끼는 사람떼. 바람이 와서 불 적마다 봄빛에 물든 물결이 미친 웃음을 웃으니, 겁 많은 물고기는 모래 밑에 들어박히고, 물결치는 뱃속에는 졸음 오는 '리듬'의 형상이 오락가락— 어른거리는 그림자, 일어나는 웃음 소리. 달아 논 등불 밑에서 목청껏 길게 빼는 어린 기생의 노래, 뜻밖게 정욕(情慾)

을 이끄는 불구경도 인제는 겹고, 한 잔 한 잔 또 한 잔 끝없는 술도 인제는 싫어, 지저분한 배 밑창에 맥없이 누우면 까닭 모르는 눈물은 눈을 데우며, 간단 없는 장구 소리에 겨운 남자들은 때때로 불 이는 욕심에 못 견디어 번득이는 눈으로 뱃가에 뛰어나가면, 뒤에 남은 죽어 가는 촛불은 우그러진 치마깃 위에 조을 때, 뜻있는 듯이 찌걱거리는 배젓개 소리는 더욱 가슴을 누른다…….

아아, 강물이 웃는다 웃는다, 괴상한 웃음이다. 차디찬 강물이 컴컴한 하늘을 보고 웃는 웃음이다. 아아, 배가 올라온다, 배가 오른다. 바람이 불 적마다 슬프게 슬프게 삐걱거리는 배가 오른다…….

저어라 배를, 멀리서 잠자는 능라도까지, 물살 빠른 대동강을 저어 오르라. 거기 너의 애인이 맨발로 서서 기다리는 언덕으로 곧추 너의 뱃머리를 돌리라. 물결 끝에서 일어나는 추운 바람도 무엇이리오. 괴이한 웃음 소리도 무엇이리오. 사랑 잃은 청년의 어두운 가슴 속도 너에게야 무엇이리오, 그림자 없이는 '밝음'도 있을 수 없는 것을……. 오오 다만 네 확실한 오늘을 놓치지 말라. 오오, 사르라, 사르라! 오늘 밤! 너의 빨간 횃불을 빨간 입술을, 눈동자를, 또한 너의 빨간 눈물을.

거울

이상

거울속에는소리가없소.
저렇게까지조용한세상은참없을것이오.

거울속에도내게귀가있소.
내말을못알아듣는딱한귀가두개있소.

거울속의나는왼손잡이요.
내악수를받을줄모르는악수를모르는왼손잡이요.

거울때문에나는거울속의나를 만져보지못하는구료마는
거울아니었던들내가어찌거울속의나를만져보기만이라
도했겠소.

나는지금거울을안가졌소마는거울속에는늘거울속의내가있소.
잘은모르지만외로된사업에골몰할게요.

거울속의나는참나와반대요마는
또꽤닮았소.
나는거울속의나를근심하고진찰할수없으니퍽섭섭하오.

참사랑

레프 톨스토이

모든 사람을 한결같이 사랑할 수는 없다
보다 큰 행복은 단 한 사람이라도
지극히 사랑하는 것이다
그러나 그것도
그저 상대방을 사랑하는 것이어야 한다
대개의 경우와 같이
자신의 향락을
사랑하는 것이어서는 안 된다

나는 사랑하는 사람의 행복을 위해서
그와의 관계를 끊을 만한 각오가 되어 있는가?
하고 자문해 보라
만약 그럴 수 없다면 당신은
사랑이라는 가면을 쓰고 있을 뿐이다

밝달뫼(백두산)에

아침의 나라가 열린 달

10월

하늘연달

고향

정지용

고향에 고향에 돌아와도
그리던 고향은 아니러뇨.

산꿩이 알을 품고
뻐꾸기 제 철에 울건만.

마음은 제 고향 지니지 않고
머언 항구로 떠도는 구름.

오늘도 뫼 끝에 홀로 오르니
흰 점 꽃이 인정스레 웃고,

어린 시절에 불던 풀피리 소리 아니 나고
메마른 입술에 쓰디쓰다.

고향에 고향에 돌아와도
그리던 하늘만이 높푸르구나.

사랑하는 그대여,
나 죽거든

크리스티나 로제티

사랑하는 그대여, 나 죽거든
나를 위해 슬픈 노래 부르지 마셔요.
그리고 내 머리맡에 장미를 심지 마시고
그늘 짓는 삼나무도 심지 마셔요.
내 몸을 덮을 풀이 비와 이슬에 젖어
무성하게 자라게만 해 주셔요.
그리고 당신이 원한다면 나를 기억해 주시고
또 잊어버리고 싶으시면 잊어주셔요.

나는 그늘을 볼 수 없을 거예요.
비가 내리는 것도 모를 거예요.
두견새 구슬프게 우는 것도
나는 들을 수 없을 거예요.
그리고 해가 뜨지도 지지도 않는
어둠 속에 누워 꿈꾸면서
나는 당신을 그리워할 거예요.
아니, 어쩌면 잊을지도 모를 거예요.

춘망(春望)

두보

나라는 깨져도
산하(山河)는 남고

옛성에 봄이 오니
초목 우거져…….

시세(時勢)를 서러워하여
꽃에도 눈물 짓고

이별이 한스러워
새소리에도 놀라는 것.

봉화(烽火) 석 달이나
끊이지 않아

만금(萬金)같이 어려운
가족의 글월.

긁자니 또다시
짧아진 머리

이제는 비녀조차
못 꽂을레라.

편도나무야,
나에게 신에 대해
이야기해다오

니코스 카잔차키스

나는 편도나무에게 말했노라.
"편도나무야, 나에게
신에 대해 이야기해다오."
그러자 편도나무가 꽃을 활짝 피웠다.

가을에서 겨울로

치닫는 달

11월

미틈달

살아남은 자의 슬픔

베르톨트 브레히트

물론 나는 알고 있다.
오직 운이 좋았던 덕택에
나는 그 많은 친구들보다
오래 살아남았다.

그러나 지난밤 꿈 속에서
이 친구들이 나에 대하여
이야기하는 소리가 들려왔다.

"강한 자는 살아남는다."
그러자 나는 자신이 미워졌다.

지하철역에서

에즈라 파운드

군중 속에 이 얼굴들의 홀연한 나타남,
비 젖은 검은 가지에 꽃 이파리들.

빼앗긴 들에도 봄은 오는가

이상화

지금은 남의 땅— 빼앗긴 들에도 봄은 오는가?

나는 온몸에 햇살을 받고
푸른 하늘 푸른 들이 맞붙은 곳으로
가르마 같은 논길을 따라 꿈속을 가듯 걸어만 간다.

입술을 다문 하늘아, 들아,
내 맘에는 내 혼자 온 것 같지를 않구나!
네가 끌었느냐, 누가 부르더냐. 답답워라, 말을 해다오.

바람은 내 귀에 속삭이며
한 자욱도 섰지 마라, 옷자락을 흔들고.
종다리는 울타리 너머 아씨같이 구름 뒤에서 반갑다 웃네.

고맙게 잘 자란 보리밭아,
간밤 자정이 넘어 내리던 고운 비로
너는 삼단 같은 머리털을 감았구나, 내 머리조차 가뿐하다.

혼자라도 가쁘게나 가자.
마른 논을 안고 도는 착한 도랑이
젖먹이 달래는 노래를 하고, 제 혼자 어깨춤만 추고 가네.

나비, 제비야, 깝치지 마라.
맨드라미, 들마꽃에도 인사를 해야지.
아주까리 기름을 바른 이가 지심 매던 그 들이라 다 보고 싶다.

내 손에 호미를 쥐어 다오.
살진 젖가슴과 같은 부드러운 이 흙을
발목이 시도록 밟아도 보고, 좋은 땀조차 흘리고 싶다.

강가에 나온 아이와 같이,
짬도 모르고 끝도 없이 닫는 내 혼아
무엇을 찾느냐, 어디로 가느냐, 웃어웁다, 답을 하려무나.

나는 온몸에 풋내를 띠고,

푸른 웃음, 푸른 설움이 어우러진 사이로

다리를 절며 하루를 걷는다. 아마도 봄 신령이 지폈나 보다.

그러나, 지금은— 들을 빼앗겨 봄조차 빼앗기겠네.

유희는 끝났다
(추락하는 것은 날개가 있다)

잉게보르크 바하만

사랑하는 나의 오빠, 언제 우리는 뗏목을 만들어
하늘을 따라 내려갈 수 있을까요?
사랑하는 나의 오빠, 곧 우리의 짐이 너무 커져서
우리는 침몰하고 말 거예요.

사랑하는 나의 오빠, 우리 종이 위에다
수많은 나라와 수많은 철로를 그려요.
조심하세요, 여기 검은 선(線)들 앞에서
연필심과 함께 훌쩍 날아가지 않게요.

사랑하는 나의 오빠, 만약 그러면 나는
말뚝에 묶인 채 마구 소리를 지를 거예요.
하지만 오빠는 어느새 말에 올라 죽음의 계곡을 빠져나와,
우리 둘은 함께 도망치고 있군요.

집시들의 숙영지에서, 황야의 천막에서 깨어 있어야 해요,
우리의 머리카락에서 모래가 흘러내리는군요.
오빠와 나의 나이 그리고 세계의 나이는
해로 헤아릴 수 있는 게 아니랍니다.

교활한 까마귀나 끈끈한 거미의 손
그리고 덤불 속의 깃털에 속아 넘어가지 마세요.
또 게으름뱅이 나라에서는 먹고 마시지 마세요.
그곳의 냄비와 항아리에선 거짓 거품이 일거든요.

홍옥요정을 위한 황금다리에 이르러
그 말을 알고 있던 자만이 승리를 거두었지요.
오빠한테 말해야겠어요. 그 말은 지난 번 눈과 함께
정원에서 녹아서 사라져버렸다고 말이에요.

많고 많은 돌들 때문에 우리 발에 이렇게 상처가 났어요.
발 하나가 나으면, 우리는 그 발로 펄쩍 뛸 거예요.
아이들의 왕은 그의 왕국에 이르는 열쇠를 입에 물고
우리를 마중하고, 우리는 이런 노래를 부를 거예요.

지금은 대추야자 씨가 싹트는 아름다운 시절!
추락하는 이들마다 날개가 달렸네요.
가난한 이들의 수의에 장식단을 달아준 것은 빨간 골무,
그리고 오빠의 떡잎이 나의 봉인 위로 떨어지네요.

우리는 자러 가야 해요, 사랑하는 이여, 놀이는 끝났어요.
발꿈치를 들고. 하얀 잠옷들이 부풀어오르네요.
아버지 어머니가 그러는데요, 우리가 숨결을 나누면,
이 집안에서는 유령이 나온대요.

마음을 가다듬는

한 해의 끄트머리 달

12
월

매듭 달

보여줄 수 있는 사랑은
아주 작습니다

칼릴 지브란

보여줄 수 있는 사랑은
아주 작습니다.
그 뒤에 숨어 있는
보이지 않는
위대함에
견주어 보면.

한산섬
달 밝은 밤에

이순신

한산섬 달 밝은 밤에 수루(戍樓)에 혼자 앉아

큰 칼을 옆에 차고 깊은 시름 하는 차에

어디서 일성호가(一聲胡笳)는 남의 애를 끊나니.

서시

윤동주

죽는 날까지 하늘을 우러러
한 점 부끄럼이 없기를,
잎새에 이는 바람에도
나는 괴로워했다.
별을 노래하는 마음으로
모든 죽어가는 것을 사랑해야지.
그리고 나한테 주어진 길을
걸어가야겠다.

오늘 밤에도 별이 바람에 스치운다.

그대 창가에

경요

그대와 함께 있고 싶어
그대 창가에 그림자를 드리웁니다
설레는 이내 가슴 잠재우기 위하여
그대 창가에 그림자를 드리웁니다.

그대 곁의 진실과 진실을 벗하여
영혼으로 남고 싶어서
그대 창가에 그림자를 드리웁니다.

그대를 사랑하기에
그대 곁에서 영원히 떠나고 싶지 않습니다.
시간의 진실이 영원히 내 곁에서
그대 곁에서 함께하기를…….

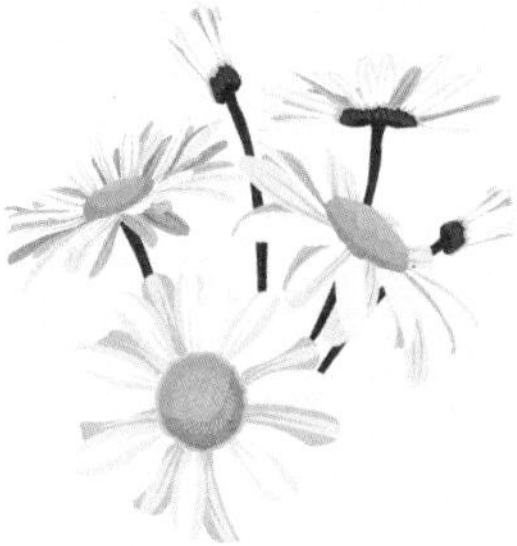